ニューヨークの唇

ニューヨークの唇　もくじ

装　丁　ａｃｅｒ
装　画　田代勉「蒼い木馬」
扉写真　山﨑正（２０１３年10月15日　東京・上野）

I　ニューヨークの唇

ニューヨークの昼

月を追う途中の子どもにあいさつをさよならみたいな青いハローを

やさしさの陽はふりそそぐ青空をくちうつしにて運ぶわれらに

メリーゴーラウンド過酷な豊かさに目ひらきてまた回りくる馬

海を吹き樫の木を吹き風は来たツーストライクののちのホームへ

打者走者一塁空過スタジアムにテロの予感の冴えざえとして

頰をつたうイルカの群がすきとおり明日の海の音階になる

かなしみも改札口を出るときは勤め人の顔を装っている

何度でもぼくの強さを信じ直すニューヨークのニューヨークのビルの幽霊

時計工の指さき涼し世の終わりを鳴きわたる鳥の止まり木に似て

いまどこの青に触れてるパレードを終えて離した白い風船

今日ひと日笑わなかったおじいさんが夜空に「ぼく」と吐く白い息

ゆく空と大西洋の中ほどにビルが二人でまだ生きている

祝婚歌

捨てられたヴィオラのf字孔からも白詰草の芽は出にけり

落ちている海かと思うあおむけの君がまぶたをひらいた瞳

鼓笛隊とおなじ速度で近づいた胸と胸の間に消えてゆく海

共作の未完の空に足したきははるか遠くで呼ぶ波の音

オルゴール爪にはじかれ金属の音楽隊が解くラプソディ

底のない空へと落ちてゆく音を拾い直して組むラブソング

ヴァージニティー雲は多いが虹が立つ円の一部とふたりの一部

千変の極み夏から秋に来て空おしみなく回覧される

秋深し桔梗の色の海を渡る移動サーカスの象の姉妹に

君から君へ人から人へ私から私へ空は旅をする

肩の琴の羊の腸を馬の尾で奏でる草の原の祝婚

ザナルカンド

ディストピアいつか地球をふりかえる小学生はランドセルのまま

子が母を呼ぶ声がする爆睡の召喚獣の息のまにまに

放たれて行く場所がある手品鳩ついに帰らぬ一羽の男

はね橋の近くの画家は待っている見えないものが渡りきるのを
抱きあげるするとわたしも何者かに抱きあげられていることを知る
刑架座と呼ばず白鳥座と呼べりその習慣の長きやさしさ
王さまは涙のあとを追うように静かに城を去りましたとさ

二度鉦を鳴らす夕べのお仏壇母のフィギュアを遺影がわりに

いなくなった子がいた場所あの鳥の名は…名は…また来た

失なった無人探索機を捜せ無人探索機その2で

地図屋への地図を並べる地図屋への地図を並べる地図屋はどこだ

虹を吊る滑車音さえ人は聞く虹の麓の宝求めて

ザムザこそ詩人の鑑胴乱に蝶入れたまま行くピクニック

なにを求めなにを捨てたか宇宙船の窓からテラをさす君の指

母よ　ランドセルを背負わせたら日本一の女優と呼ばれた　母よ

木星のイオに行くため乗り換える生涯学習センター前で

神さまのおつかいでアイスを買いにきたおばあさん純だね急ぎ足

青盗人

ジェルソミナに口紅の残量を伝えんと駈ける野に花迷うほど花

象の歩み見て来し涙青かりけりいつ盗人にとられるひかり

デパートの婦人服売り場でふと消える大人になってもアリスのままの

そこにはだれもいないのにそこには詩人もいないのにそこにも白い
花が咲きそこには読者もいないのにそこにも探した跡がある
かげろうのみんながおとなになる日暮れ夕陽は取り残された羊
技師アインシュタインの仮説ほほえみは泣き顔よりも涙に近い

青空の罠にかかった露草と君の瞳の囚われの青

夕焼けがより濃い席で答えなき答え合わせを待つ女の子

ファーブルの川底の砂があえなくもぼくの窓辺できらめく地球

一世紀恋の適齢を生きるのに一世紀では慣れないみたい

宛先を持たない手紙のような背を見せながらいってきますと言った

パルトロウ百年ぶんの息を吸い落ち葉を踏んで吐くときも一人

二羽の鳩

コスモスの花のプロペラ機で通うダフニスの庭クロエの窓辺

合うだろう青いダイヤは目をなくしたすみれ畑のダンスロイドに

白い蛾を追いかけてきて夜は明けぬこの世の外の大人とはなれ

風だけに耳をすませたさよならを先に言ったら負けだと思い

この位置に海はいました会ってから別れるまでの間もこの位置に

海を見るたびに涙が出るようにセットされてる未成年ロイド

ほほに触れる青いしずくのやわらかき永遠さえも途中の単位

おはようをかわしたあとにふりかえるいつもさよならしつづける背を

唇を読むでも読まなかったふりをする電車は加速して消えたんだ

秋摘みの果実のような唇がさよなら系の銀河を告げる

遺失物庫の鍵

世界中のだれもがわすれていることようなちいさなことをおぼえている子

昨日見た忘れえぬもの富士山と後部座席の子の泣き顔と

転校生今日さようなら淋しさはさびしさにつけた仮の名前

無言かなテールライトで顔半分月に擬態の少年ひとり

呼ぶ声をこばまず呼ばれいるスピカわが子よ君の名前を好きか

いつまでも欠けたピースを探してる空の方途を明日も真似そ

語り口つゆ草の花の青に似て聞けば聞くほどかぎりなき生

この鍵はどこのドアにも合わないが永久があるから失くしたくない

眠りなさい森の真春の蔦の葉の朝のしずくが頬を打つまで

少年に兵の郷愁鎖骨から拾う葬儀に鳥がまぎれ来

桟橋は廃墟となりて数本の杭がかたむきぼくを待っている

白い袋を担う僧侶もいくたりかではそろそろと改札口へ

新月の待合室の鏡には塩売りオイレンシュピーゲルの眼

数えれば鳩五羽貨物車を追って追いつきえたり穀物貨車へ

離岸線次駅は「消えがての虹野」さらに次駅は「虹探し里」

あの子は黄色い飛行機を探しているわたしも同じことをしている

月のくじら上弦の弧に身を隠し女優のごとく出番まで待つ

分け合った命のはての青りんご星の果汁と混ざり合う朝

二死二塁九回裏の土壇場も行けるぞっティアーズドロッパーズ！

コルシカ

音叉庫にギリシア銅貨の墜ちる音わが鎖骨さえ共鳴りのする

あかときの霧たつ森に発せられる鳥類の令『パパゲーノ狩れ』

月の蝕なかばをすぎぬ神の蝕はどこをすぎるやあどけなき漁夫

着岸のあてなき航路いつの日も無数の海に一隻の船

かなしみにほほえむべけれいちい樹をチェスの駒へと彫りあげる秋

唇と唇はなれてのちも止まざりし錨泊船のホ音の汽笛

血と風がまじわる瞳にさわるのはかもめが連れてきた共和国

鐘の音の疲れてとどく半球に戦争がまだ生きている午

常寂光寺

あっ間に合わないと急ぎ足　なにに間に合わないかはゴドーに聞こう

オルガンの茶色い音が路を縫いくぬぎ林の案内をする

求めれば淋しくなるとケータイに老父のライン青の淵より

ありがとう死は整わず這ってくるコートなければ寒かろうにな

冬晴れの悲しみ晴れの栗の樹に登ってみるか途中まででも

休館こそ脈打つ好機かもしれぬ木馬が息を吹き返すための

彼岸草仮装の列にひそやかに母の形をした神さまも

全校の運動会に人が消えひとりで踊るオクラホマミキサー

飛ぶときになにかが多い気がします五体とはまた違う種類の

歌わない一日と歌のない一行をこころは望んでいるかもしれぬ

クライ　マイ　ガール　１９９０

ステイ　オン　タブ引きながら外人に長勝寺への道を教える

ヴィアノヴァで返すポケベル電波とはせつないくらい目に見えたもの

しあわせを売ってくださるはずでした代官町のとある雑貨屋

この星は止まる他人の顔をして黄昏橋を君が渡れば

ロビンソン、この詩はなに？と問うたのは伯父が見つけた野生の鸚鵡

家々の夕べの窓に青みさすテレビジョンそうテレビジョン

団欒をぬけたひとりの少女なり本体はまだ団欒の中

思い出すこともあるかな茜さす独狐《とっこ》の坂で犬ふりかえる

彼はもういないと告げるわたしから紙漉町を過ぎるわたしへ

月は高く自動販売機は低くデネガ通りに缶落ちる音

狼森《おいのもり》きのうは何に泣いたのか思い出せないいまた嵐きて

祖父が生前手帳に大事にはさみしは劇団員の募集広告

いく千の敗戦投手に囲まれてなお華やかなコスモスの丘

どんな子がきっと私に似てる子が撫でていたのだろう撫牛子《ないじょうし》

泣くことは明日の仕事スーパーの籠に投げ込むポテトチップス

わたしこそ不在はるかな平野から鳥を弔う煙があがる

タネリ座流星群飛行録　補遺

男の子たちはときどき思い出す過ぎた夜汽車の窓の人影

野尻屋にモヂリアニから伝書鳩『満月ノ宵　燗ヲシテ待テ』

病む人のゴブラン織りの膝掛けに読みさしのまま夜明けのカフカ

洗剤もて夫が浄めるディスプレイにあわれ虹たち詩歌へ架かる

バスが止まりひとりが降りる海の町　半世紀前ここで生きていたっけ

通り過ぎる見慣れたアリスいえ今は老いたアリスとトランプの兵

しあわせはしあわせなのは残されたわたしがみんなを忘れないこと

高原のバス停留所も霧が晴れ母とふたりで待つラピュタゆき

中国の不思議な役人

降る花をまとう薄暮の腕もてイエスを抱けば若き心拍

過呼吸の影こそ見えね陽炎を立てて間近に息づく天使

もう海を捨てた人魚の顔をして真冬の雨に濡れるおとうと

卵るりきろのこらみるわれざればさりてそれからわれあるる雛

獺祭図惨には遠い惨もあり水際狩られし王子の半裸

鯉の朱も眼裏に疾しおとうとは旅人算の甲に似ていた

いっせいに孔雀の群が羽根ひろげる贋の銀貨が積もる広場に

古い詩がふとよみがえる紫の唇の麻酔が醒める夕暮れ

灯台の異国母国の点滅に海霧より深し言葉の夜は

手をつなぐうべなうように道があるひびわれながらつづく大地に

十字架が十字架を背負う言葉とはあの足跡が消える砂浜

香しく錆びる戦車も年々に無国籍化をたどる半島

配達夫の草色帽の赤とんぼ古地図に見入るごとき複眼

葉が落ちてわたしは気づく安穏から逃げられたのにとどまったこと

『砂糖菓子、あの砂糖菓子はどこから降るの。』『時計台。時計台から。』

音叉庫の一律の闇をさまよえり父がなくした母音さがして

貨物船に虹積む積み荷職人の太き声する朝の波止場に

百匹の群を離れた一匹の羊の上に浮くツェッペリン

かげろうの羽ばたきとおなじ速度もてくちつけす狩猟禁止区域で

大きな船が遭難したらしい地球を運ぶ大きな船が

ひまわりの梯子のはしごのいただきのお日さまあわれ夜を持たない

この丘に立てば廃墟となるまでの一瞬は見ゆあきつは流れ

マテウスの始発駅

あきらかに天使の種なる大人たちの唄う酒場に咲くアスフォデル

まなざしがやさしいだけで嫌われるおとうとたちのナハトムジーク

爪たてて窓の氷をかき寄せるグラスノスチも死語となる朝

西独逸人と呼ばわれ過ぎにけり壁立つ街をふるさととして

おみやげに壁のかけらが売られおりカナンと聞きて来たる街角

もういいよやめてもいいよこわされた壁のかけらを積みあげる子よ

壁がほしい壁がほしいと落ちながらだれもが啞の男郎花

夜を重ね価値を失うマルク貨に綿雪ふれば裸の少女

まぼろしの雪はらいつつあえなくもマッチを売るはわれならざるや

おそらくは同じ街並同じ歌けれどアリスはどこに消えたの

もう二度と会うことはないそれだけの通行人を演じ終りぬ

喧噪に熱した瞳冷やすべく真夜中過ぎのスピカを探す

軍犬として訓練を重ねたるシェパード革命後すぐに狂いぬ

「明日スキン・ヘッドになる」と嫌そうに倉庫から出たネオ・ナチの子

幼き日パンを分け合いたることもありしがトルコ人を今日刺す

水の中の魚の中に揺れるもの男が見せるヴァージン・フェイス

簡単に嘘をつきうる淋しさに回る木馬のまばたかぬ瞳

遠ざかる背に降りかかる粉雪のヒトラー役のヒトラーなりき

古道具屋のナチスのバッヂ買うために開けてはならぬ扉をひらく

信号の青に流れる曲ながら雨の中にてシュトラウス冷ゆ

許されて生きおりしかのわたくしはだれの遺失か青いピアノ庫

囚われの声で四月の歌を和す広口壜の中のアリスと

白線で西と東を分かちたりもどり橋と呼ぶ橋の真ん中

はじめての東ベルリンやさしければ憎まれる子よ雨が冷たい

明日知らぬ睫毛の影の濃き人の空を見るとき目を閉じる癖

砲身に休む土鳩も出立す東独逸に東はあるか

戦争がはじまるらしい　食堂で一マルク差のランチに迷う

カンパニュラの花打つドミソ雨粒が独逸の頰を濡らす夕立ち

弟を埋めるむしろわたしを埋める弟が消えるむしろわたしが消える

ひとりはいる塊として群れながらはぐれつづけるファラウェルの魚

時計台の長く止まったままの時計　今夜はじめて咲いた水仙

被曝死者カウントされずふえてゆくゼロという名にまたゼロを足せ

おとうとは壁と一緒に消えてったとてもやさしいおとうとだった

知らぬ間に春の女神が駆け抜けてその足跡にすみれ咲きたり

Ⅱ　カムパネルラ

（両吟から　野樹かずみ選・構成）

未開封の空が売られているようなヒマラヤ杉の下の駄菓子屋

こどもは一瞬でさびしくなるそれがぼくにはわからなかった

遠足でいつもはぐれる子のためにだれにもこない夕ぐれがくる

ああここは木霊がこない場所だなとあきらめたころもどるヤッホー

露草の花は宇宙の忘れもの夕焼けがおわるまぎわの色の

半足の靴を打ちあげ波は帰る帰るところに人待つごとく

遠い国の渚の貝に名づけよう薄いもろい貝にイキテと

とかげ生きているとかげ座死んでいるわたし生きているわたし座は詩

知られずに生き知られずに死んでゆくわたしのなかの名もない羊

だれもみな月の背中を抱いているなにもいわずに地下鉄に乗り

闇がくるたびに鏡になる車窓宇宙で生きても見る顔だろうな

涙のように隕石は流れる爆弾のように涙は消える

雪が呼ぶ静けさなのかと気づくまでゲームしていたそしてつづけた

人形になる瞬間にふと笑い人間に戻る瞬間ふと泣く

木綿製の月が吹かれるパダン基地おとなの代理でこどもが戦争

戦場と言われて着いた平原で夕焼けを見る装置になった
していない約束を反故にする思い毎日毎日ゆうやけを見ながら
だまされてあげると母がいったのでうそをつきつづけた果ての秋

あんがいにつまらないものしか入ってない秘密めいていたママのポケット

灰になった契約書をかしてごらんぼくがとってあげるよ月ぐらい

遺体は他者をいたわり目をつむる無数の空に一点の鳥

いることはいないことだねふりむいてさよならアインシュタインの風

ダコタから歩いてきたとしあわせが帽子をぬいで水をほしがる

栃木県のとある勾配きみとぼく翼かさねて夜明けまで寝る

あのとき家を出たぼくがあのとき家に残ったぼくをなつかしむ

君は君の僕は僕の名を探すため暮らす番外地のアパートに

ごはんできた過去のすばらしいあなたより明日のしょぼいあなたを選べ

泣きやんだ子供のあとについてゆくともに途方にくれるがために
捨てられたおもちゃの電車を走らせてあかいゆうひにむかうがごとき
転轍手転轍機の左に立てりいのちあるかぎりここへ帰れ

ゼンマイで動きはじめたわたしでもどこかで大人になれたはずだな

半眼の月はわたしをおろかだと言いたげに日のひかりを帯びる

花は会う小説家が追いつけない速さで消えた主人公と

灯台兼ホテルに家族全員を泊まらせてそのまま置き去りにした

君がもしカムパネルラじゃなくってもカムパネルラと呼ぶほかはない

象の眼はどこか遠くの星雲に似ているさきに告げるさよなら

Ⅲ　イーハトーブ喪失——Mに

（『イーハトーブ喪失』（１９９３）再掲）

ディア　フレンズ

夏泊《なつどまり》半島

かたくなにほほえんでいる降りてきて泣いていいよと誰か言うまで

不良たちと行って帰って来なかった修司嫌いの娘よ夏泊

お互いにうちあけぬまま奪い合いしダフニスの唇はかげろうの翅

駆け抜けてなにを探しに来たのだろうここには砂の町があるのみ

蜘蛛の糸を切りたる一人かもしれず空の青さを見おろしている

海底のない海中を落ちていく錨あり春は不在の重さ

『永遠を言えばみんなが笑うのよだからこっちも合わせてやったの』

人と人理解し合えぬ・・・だとしてもだったとしてもやるせないよね

渡らんとして倒れたる黒馬のあばら骨から透ける海峡

『退屈がわたしをこわす』こわされた虹のかけらのような唇

さざ波が渚に淡く消えてゆくまるで無数の天使の墓場

なにか言おうとしてくずれたる表情の不覚といえば君がほほえみ

六月のダイアモンドを凍らせて「またね」とそれが最後のアルト

あてもなく手紙を待てばほのかにも郵便受けに積もる花びら

軒先に雨をしのぎて銀河系八日町まで行くバスを待つ

おそらくは天使も孤独海峡に夜間飛行の音消えしより

落ちてくる水こらえんと見上げればルーフの中に乱れる星座

叫べども声とはならぬ砂の丘（ドン・キホーテよ　あれは風車だ）

花合歓のくれない　たとえブリキでもこころが錆びることだけはパス

美しい詩を書く人と言われたいたった一人にだけ言われたい

つらいのはそれでもパンがおいしいということ薔薇が蘇生すること

世の中には叶えてはならぬ夢があるなぜならぬのか誰も知らない

たそがれはさらさら持たぬ追憶を拒みえず越ゆ桜川橋

風吹けば小指に甦る約ありてかの草原に風あふれいき

幼年に見し空はなし囚人であらざる人はいるのだろうか

あの空のどこかで地球がこわれてるわれはかなかなの森をくぐらな

緑色の受話器は海に沈みつつ呼べどとこしなえの通話中

桔梗野へつづくバイパス追想のセリカが走る泣けとごとくに

街征かば水漬く生者ら　善人を傷つけぬため寡黙な少女

君は昨日冷たく笑めり白色の素手で嵐を抑えるごとく

静けさの中に狂える人の世のディア　フレンズ　ジェントル　ハーツ

芍薬は夢を見ているさよならを言うその顔が大人だったよ

他人の灯野にともりおり生きるならいつかは乾く涙だけれど

満月へ帰りたるのちのお姫さまがかわいそうだと泣いた暁

幸福にときの過ぎゆく貧しさに白熱灯と青ヒヤシンス

「若い頃に」と語るわれらは十七で苦い砂糖をぬすみ食いした

少女らにのみ課せられし十戒の一つくちなわいちご狩ること

せせらぎがたしかにとどく雑踏の君もひとりの帰らざる河

不器用に水平線を越えたれば見知らぬ国のドルフィンキック

沖の距離はかりがたかる夏の日に死んで一ミリ近づく二人

でもねユダ　君が死なねばならぬならならぬ重さが鎖骨に痛い

灰となるわれを想えば寒々と狼火のごとく立つ天蓋花

そして視野を花びら覆いめくるめく通過儀礼のごとき季節は

泣くためにここに来たのじゃないけれど小半島に山羊を飼う影

ほほえめば人にほほえめばほほえむほど黒百合の淵の黒がくずれる

イーハトーブ喪失

はじめからジョバンニなどはいないのに樹下ジョバンニの長靴冷える

花桐に星が重なるえ・い・え・んとささやきたるはつかのまのこと

駅の灯は遠しむかしの約束に遅れしままのわれかもしれず

サーカスを追って迷子になったままのわれに帰路あるごとき夕焼け

さよならをいく度となく告げたるにカムパネルラはまだここにいる

星の村に最終バスが降りて来て今日も乗れない子が一人いる

水仙の葉と葉が少しずれているいつもやさしくできず姉には

いつか訪う星の伝言板にもあらん『下ノ　畑ニ　居リマス　賢治』

蠍座をカムパネルラが通るころ眠りぬ老いて疲れて母は

波止場にて母を待つ朝鳴くかもめ空には空の渇えあるごとく

抱きうれど抱きかねつも天彦の蔦の実しぐれ鳴る母の墓

枇杷の木にのぼりて枇杷の星の実をもぐたび幼くなるらし母は

重ね降る雪の向こうに灯りあり　言葉の上に言葉汚して

呼ぶごとく夕陽沈みぬ課せられし春の宿題解せず今日も

母の手にあやとり糸の弧が生まれ虹立つそれも遠街のこと

星動く朴の枝の間笑うとき母の横顔もっとも淋し

降りて来て忘れたりけりさよならをいつどの雲の上に告げしか

家までの迷路さまようかの夏に下校時間をまちがえてより

サーカスはどうしてここへ来たのだろうみんな大人になった日暮れに

硝子窓に頰寄す銀河鉄道の忘れられたる客のごとくに

モスクワの羊飼い１９８０

青年

墨色の羽根きしませて霧の朝からす来首都の芥くわえて

おおぜいの他人の中に君はいてだれでもなかったそのときはまだ

羊肉を買うべく長き列につくわれ東欧の民たらんとし

東方の青鬼伝説教えつつ見つむ青年の瞳の空を

七音の河の名前はかの国の詩歌の糧ぞウヴェニスチノワ

まず先に無機鉱物など冷える夜半寝言に装備の基礎の復習

消し忘れた煙草の灰が伸びていく核兵器整備怠らざる夕べ

うたたねの真夜に緊急コール鳴り軍釦もかけず走る背中よ

君の掌に北半球を滅しうるボタンぬくむとも君は恋しき

眠りより覚めて最初の息すときまだ滅びざる星の上なり

砂糖菓子おあずけしますやわらかく罪の意識を覚える子には

胸章を裂いて手製のアップリケ縫いつけしのち抱きあわんか

しあわせになろうなろうと仰ぐとき羊座しめす運天象儀《プラネタリウム》

必要と思われることが必要でジョーカーを君に押しつけておらぬか

見物は高くつくぞと叫んでるフェスキー通りのピンナップボーイ

夜の空に花粉生む星あらざるやはかなさもまた等しき量の

クロッカス水の中なる根を伸ばす母に冷たしわが夫もまた

憎まれて憎み返して灯を消せば善いも悪いもない二人きり

いにしえの革命家像を雨が打ち青銅の十指みな雫する

束縛を厭いて党に入らぬとう意志持つほかはだらしないんだ

はめはずす君が覚えた日本語はレノンと同じアイスミマセン

出征

はからずも落ちた食匙を拾うとき気づく背後にもっと奈落が

オペラへの招待状と同じ色でだれかに召集令状とどく

明日あると思う野面にまだ解けぬ星の宿題たずさえわれら

一言で言えないことを一言で言わせてしまう発車時刻は

月よりも遠いアフガニスタンへ歩きたし今ノラより強く

ながらえる妻なら歌えとうとうと「死んだ兵士が残したものは」

はさまりし硬貨をつまむ敷石と敷石の間の国とはなにか

老犬の歩みは静かなり望郷　夕星の下歌う酔いどれ

まつぶさに鳥を食べ終え両親に音便を説く　説くはかなしく

青々とどれもやさしき隣人の瞳よ誤植のごときおのれか

祖国より歌誌送られく安逸と平和を憎む声もまざりて

露日辞書さかしまに立つ隣には樹村みのりの背表紙並ぶ

歌は荷と教え給いし祖母に似るカスピが浜のアンブレラ売り

峡谷は君の姿を記憶する脳に似ている刺草峠

失えばつねに鳴り出す楽隊のおそらく死後もまつわらん音

嘆きある将校の掌にのせるときしきりに匂う亡命椿

戦争であまた死にたる人に似ていつかは遠く忘れられたい

原なりに湖へゆく道のぼりおりたれの希望か野辺の送りす

傘の群れゆるゆる流るその下の奈落を空に隠すごとくに

美しき翻訳文庫めくるごと窓を開きてノラを超えよ

合金の腕さしのべて海底を掘る所作見ればやさしきは無機

二人艇水脈曳きながら河のぼる片方の座をああ空かしめて

枇杷さする指よるべなき異邦者を抱擁しつつ太る星雲

そのほかにどんな故郷があるのかと問われて重し鳥の羽毛も

婚姻

狂いたる平和を抱いて地平より帰り来るその影のとうとさ

ひさびさに会って無口のひとと知る君はあるいは死者かもしれぬ

うれしさの涙の中に揺れながら水平線は今日もあたらし

薔薇に声あらば同じき韻律をのせん哀歌をそらんじるひと

夾竹桃の香の思い出を語りおるなまいきむかし人間嫌い

農事書の「大地の章」に従いて春には遠き不安蒔かねば

鳥おらぬ鳥籠の扉をあけておく思い出されぬ思い出のため

灯台の階昇りつめ乞うべきか測量船の友よ平和を

立待《たちまち》の童話の月へ漕ぎながら息《いこ》え玩具の地球に遠く

極月の大使みずから運びくる林檎茶澄めり琥珀に澄めり

鎖されて戦後は長し婚の日も耶蘇正教の銅鐘鳴らぬ

何者に引かれるわれかふるえつつ花嫁という名を負いて主よ

追うことは永遠になからん　哀れみて婚の昏みを去りしけものを

賛美歌は唇に触れいとけなき旋律をしも君な忘れそ

祝婚詞セフノワ訛りにかたむきて読み人奇しき晩節の声

描かれざる国境線に迷うならわれをも統べよ　絵の羊飼い

高慢なふたりならずや教会の扉ひらけば鳩を発たしむ

写真機の前をひばりも舞いあがりふたりおろかな王子王女よ

post card

恐れ入りますが、切手をお貼りください

810-0041

福岡市中央区大名2-8-18
天神パークビル501

書肆侃侃房 行

フリガナ
お名前　　男・女　年齢　　歳

ご住所　〒

TEL（　　）　　ご職業

e-mail：

※新刊・イベント情報などお届けすることがあります。　不要な場合は、チェックをお願いします→□
著者や翻訳者に連絡先をお伝えすることがあります。　不可の場合は、チェックをお願いします→□

□注文申込書　このはがきでご注文いただいた方は、**送料をサービス**させていただきます。
※本の代金のお支払いは、本の到着後１週間以内にお願いします。

本のタイトル	冊
本のタイトル	冊
本のタイトル	冊

愛読者カード

□本書のタイトル

□購入された書店

□本書をお知りになったきっかけ

□ご感想や著者へのメッセージなどご自由にお書きください

※お客様の声をHPや広告などに匿名で掲載させていただくことがありますので、ご了承ください。

◀こちらから感想を送ることが可能です。

書肆侃侃房　http://www.kankanbou.com　info@kankanbou.com

黙示録

盲いしゆえ指もてたどる墓碑銘にわれの名もあるチェルノブイリ址

かりそめの終末越えて味わうと思えば苦いにがよもぎかな

天に翼を

パパとママ離れて暮らすふるさとに東京タワーばかに美し

酸欠ライブ終わりて胸に穴が咲く帰りたき家持たざりわれは

すぐに来る山の手電車あるときは日の暮れるまで待ち疲れたい

あそこにももうもどれないさっきまでぼんやり立っていたホームにも

ママが嫌う私をわたしも嫌ってる公園通りルナカルナバル

言ってみて魔法の鏡ここにいる私が誰だか言ってみて今

ふいに頬をアップビームに照らされる廃墟程度の顔を一瞬

仕事終えしウェートレスの日課なり子らに哀歌のつづき教える

「あんたあたいに似てるね」なんて　つらいじゃないかガール天秤座

淋しさは生き初めしより賛美歌を歌う口もて蘭の葉を噛む

そういつか恋とお金を手にしてもかたくなに泣く心守らん

ヨバナイデワタシノカラダノ在ルトコロソコニハダレモイナイノダカラ

呼ぶ人はいない呼ばれることもない日動画廊セザンヌの空

眠らせるため羊かぞえる有線の深夜テレビの高視聴率

動物園に動物がいない　歓声ののち捨てられた方舟に似て

ああ天に翼忘れて来し日より踊り初めにき歌い初めにき

女王に桔梗贈らん蘭贈らん歌奪われる日の女王に

綿のような身を大の字に眼閉じればようやくわれも飛ぶ形なり

美しい記憶のことしか話さない叔母を見送るバス停留所

現代歌人シリーズ36

ハビタブルゾーン　大塚寅彦

本体2,000円＋税　978-4-86385-564-9

卵白はかたまりやすき泪とも零れし卓に朝陽さやけし
車椅子の君どこまでも押しゆかむ死も患ひも振り切るまでに
空見ればおほき虚なり花咲けば色むなしきよ君在らぬ世は
他界よりメール来る夜やいつかある氷の転ぶがの着信音に

病をえた人とともに過ごした日々　濃密な時間は歌に溶け
風や水となって胸内に沁みる　哀傷のプリズム

心は胸のふくらみの中　菊竹胡乃美

本体1,500円＋税　978-4-86385-568-7

トロの吐露リスのリスクたわしのわたし掬ってほしい救

涙、傷、痛み、女の身体をもつこと。今生きていること全部載せ。
正直でラフでせつなくて、作者を好きになってしまう。　—
日常のたしかな憤りとときどきの喜びが、
「わたし」の人生を祝福するように歌われていました。—

おんなというもの野放しにして生きるには多すぎる爆撃機
愛はお金お金は愛じゃないけれど津波のようなパトロンが欲し

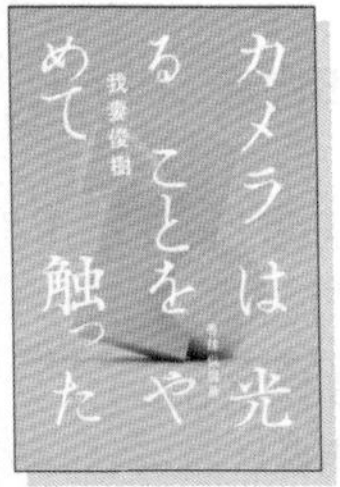

カメラは光ることをや

本体1,900円＋税　978-4-86385-569-

夏の井戸（それから彼と彼女にはしあわせ
我妻俊樹の短歌を初めて集成する待望の第一歌

栞:瀬戸夏子　平岡直子
誌上歌集「足の踏み場、象の墓場」から現在までの歌を含んだ唯一

名刺だよ　髪の毛を切って渡すと私のことに気づいてくれる
秋が済んだら押すボタン　ポケットの中で押しっぱなしの静かな神社
渦巻きは一つ一つが薔薇なのに吸い込まれるのはいちどだけ

結晶質　安田茜

本体2,000円＋税　978-4-86385-566-3

雪山を裂いて列車がゆくようにわたしがわたしの王であること
第4回笹井宏之賞神野紗希賞受賞の著者による第一歌集。

栞:江戸雪　神野紗希　堂園昌彦

冬にしてきみのすべてに触れ得ないこともうれしく手ですくう水
髪に闇なじませながら泣きながら薔薇ばらばらにする夜半がある
石英を朝のひかりがつらぬいていまかなしみがありふれてゆく

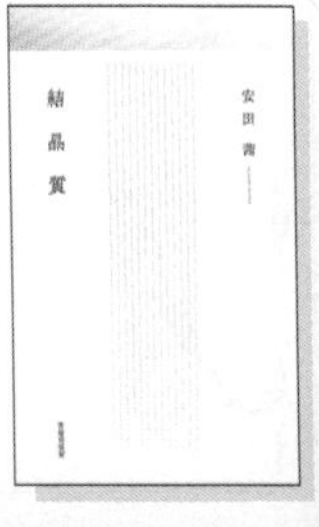

短歌ムック
ねむらない樹 vol.10

第一歌集『ひとさらい』が刊行されてから15
世界に登場し、26歳で生涯を終えた歌人笹井
笹井賞の発表と併せて、いま一度彼の足跡を追う。

特集　第5回笹井
◎大賞　左沢森「似た気持ち」、瀬口真司「
◎大森静佳賞　中村育「風は吹く、無数の朝」
◎染野太朗賞　手取川由紀「羽化のメソッド」
◎永井祐賞　野川りく「遡上　あるいは三人の女」
◎野口あや子賞　八重樫拓也「晩年」
◎Moment Joon賞　橙田千尋「Liminal」
◎選考座談会　大森静佳×染野太朗×永井祐×
野口あや子×Moment Joon

特集　15年目の笹井宏之
◎座談会　穂村弘×東直子×土岐友浩
◎インタビュー　筒井孝司・和子
◎未発表作品　短歌50首、詩13篇、俳句／川柳20句
エッセイ、小説
巻頭表現　大白小蟹

978-4-86385-562-5

株式会社　書肆侃侃房　@kankanbou_e
福岡市中央区大名2-8-18-501　Tel:092-735-2802
本屋＆カフェ　本のあるところ ajiro　@ajirobooks
福岡市中央区天神3-6-8-1B　Tel:080-7346-8139
オンラインストア　https://ajirobooks.stores.jp
kankanbou.com

だ一本の樹となって
ンピースに実を落とす
――笹井宏之

年。彗星のように短歌の
宏之。10号の節目に、
宏之賞発表

第6回 笹井宏之賞　作品募集開始のお知らせ

募集作品：未発表短歌50首
選考委員：大森静佳、永井祐、山崎聡子、山田航、小山田浩子
応募締切：2023年9月15日
副　　賞：歌集出版
発 表 誌：短歌ムック「ねむらない樹」vol.12（24年2月発売）

ベルクソン思想の現在

檜垣立哉、平井靖史、平賀裕貴、藤田尚志、米田翼
本体1,800円＋税　978-4-86385-556-4
主要4著作を読み解く白熱の徹底討議！
まったく新しいベルクソン入門誕生
読売新聞に書評掲載！（評者＝郷原佳以さん）
「最先端の解釈に基づくスリリングな討議を展開」

牧野植物園　渡辺松男

本体2,300円＋税　978-4-86385-522-9
閉ぢられてある鏡にて白鳥は
漆黒の夜をわたりの途中

第73回
芸術選奨文部
科学大臣賞
受賞！

記憶を歌にする。ますます研ぎ澄まされていく
渡辺松男の歌は限りなく清明で美しく生命溢れる。

海を渡った日本文学『蟹工船』から『雪国』まで
堀邦維
本体2,000円＋税　978-4-86385-563-2
日本の現代文学が海外の読者の目に触れるようになったのは、いつ、いったいどのようにして？
次々に明らかになっていく戦前戦後の日本文学への知られざるまなざし。推理ドラマをひもとくようなスリリングな展開に思わず読み進まずにいられない。
海外の日本文学発掘の経緯をひもとき、日本現代文学史に新たな視野をもたらす一冊。

ショートショートの小箱4　花咲町奇談　目代雄一
本体1,300円＋税　978-4-86385-559-5
一見ランダムに奏でているように思える36篇のショートショートが、ラストには1編の長編小説交響楽となります。
さあ、「くすり、どきり、ほっこり」と、どんでん返しを楽しみましょう。
Ⅰ章　大学の奇談　Ⅱ章　巷の奇談
Ⅲ章　小中学の奇談　Ⅳ章　救世主の奇談

ヨット型ブローチ拾う　手のひらも海だ　わたしを失くしたのは誰？

人から人へ嘘がわれらを汚しても火は汚されぬガールズブラボオ

女の子だものくじらを従えて泳いだように眠る日もある

二羽の鳩笑う　キャベツの音がする　うふふ頭上を飛ぶいわし雲

トライアングルラブ花盛る惑星の上にオリビアも君も麗し

孔雀は尾をしばし広げる鮮しき虚飾の中に火を守りつつ

少年の昨日を連れて昇る月リンドバーグを知っていますか

空に飽くつかのま罪を忘れるや銀河のはるか底に向き合い

一瞬に消える炎よ寒い夏　眠れ少年Bのバストで

心臓が左の胸にあることもせつない声をかけられなくて

唇で互みに意志を交しつつはるけき星へ放たるる想い

さよならの一歩手前で黙りこむ　頰が電飾文字に色づく

カシオペア、琴座、乙女座、わし、さそり・・・「よそう、僕らは稼がなければ」

笑われても軽蔑されてもうとまれてもやさしい手紙を書きたいと思う

生まれつきのママの音痴よパパの留守に小声で歌う He was beautiful

風やんでそれでも吹いて来るものに押されるごとく読むガミアーニ

なずな咲く廃墟はかつて東京都渋谷二丁目五十五番地

真夜中に開いててくれてありがとうほかに行くとこなくてコンビニ

前の生はひまわりたりし強さもて人らうつむく夏の電車に

やさしさとナイフを同じプライスで買えるコンビニエンスストアー

どくだみの蔭の議事堂つぶれたる缶コーヒーの名はＦＲＥＥＤＯＭ

暁の煙る狭霧に属すなり恋なき街とモノトーンボーイ

今日までの天動説と別離して仲間はずれとなるや少年

友一人亡くせし夕べＳの字に曲る道なり帰らなければ

テーブルも一枚の海目つむりて鷗を追えばママはるかなり

すでに越えて行けないフェンスと気づくときふいに景色がモノクロとなり

洗濯物をつまさき立ちておろすときわずかに母が星に近づく

そばにいて気づけなかったその胸に鳥は不在という現実に

人知れず夜に降り来し流星のごとしよ庭に萩の花咲く

あのときと同じ電車が通り過ぎばかよ今まで何をしてきた

蒼穹や消し忘れたる黒板のあの字を消しにもどらなければ

今ならばやさしくできる会うたびに寂しがり屋となる母さんに

『もういいよ』だれか呼んでる『まだだよ』と百万回も待たせたくせに

コーヒーの缶もてあそぶふるさとの灯り小さくなるを見ながら

楽やみし空へ風船昇るなり憧れも吾も陽の中に棲む

亡き鳥が飛び残したる空仰ぎ初心の離陸なしがたきかな

やがて春空の梯子の真上では星替え師たちが星替えている

マザーレス　モーツァルト

それも一人の過客にすぎぬ無言劇まだ白紙なる音楽ノート

鐘が鳴るザルツブルクの教会の「パパ音程が狂っているよ」

踊り場にたしか鳥がいたはずだ　えーと（探すな）どこだ（探すな）

エテルナに唇寄せてせつなかりけり異国のガラス楽器の青き

唇を音符の鳥があふれ出す涙より先にほほえむごとく

ウォルフガングうれしいときと悲しいときと涙の成分はちがいますか

喝采に汚れしかつら神のため作りし楽を神は聞かざり

母の指が青いおそらくこっそりと月を戸棚に隠せしがゆえ

ひまわりはまわる回るよメフィストも木馬もママも回るまわるよ

犇めきて不落の青も目つむれば空に剝離の音たしかなり

ひとさらい霧とぶ野辺に泣いているさらい来たるはおのが母ゆえ

夫のもと子らのもとにも安らげずつね居場所なき母ならざるや

生と死は分かちがたくて葬送の行進曲に母よさ寝ませ

なきがらの母の好みしその中に骨占いという戯びあり

徐々に母を殺したる日々雁来紅《かまつか》の炎ゆるをおさえがたかりし日々

巴 里 街 民 脚 橋 錆 匙 貝 巻 髪 神 鍵 愛 灰 母 死

コークス庫にすみれ咲きたり一輪の有情を見れば疾しこの世は

選ばれてあなたのこどもになったけどだれでもできることさえできぬ

母と子のうしろ姿を見送りてやがて無人となる冬の橋

言葉断ち久しき卓の黒麦酒　父さんぼくを恨んでないか

いつか死ぬ薔薇とも知らず子供らは身を飾り合う棘も一緒に

街道を夜馬車が走るカナリアよはるかな国の話聞かせて

千年を生きたる疲れヴェネツィアのたゆとう舟に乗る舟人も

木蓮に雲降りてきてとまりたりゆうべかなしみの枝ひかりつつ

永遠を鍵盤上にとめるなど虚しいけれど朝めし前だ

おのずから楽しまざりし天恵のわが才能をだれ楽しみき

わがままで不遜孤独でかつやさしき女王様が断頭台に

アロイジア今日憂いある君のため装飾音を三つくわえて

われを灼く氷の炎かりそめに指触れ合いしのみの昨日の

気づかぬは君と思いき水仙のうすみどり葉の指の寒さに

水涸るる沼に雉子来て十月や会いたいときにあなたはいない

ただ天に妬まれしのみポスターの「神童」の文字はるかに褪せて

知りすぎた神の領域　家族には借金だけが累々と寄り

王様の生まれたるより死すまでを演じ終りて去るテント劇

木星やめざめたときに死んでいた子かもしれないわれを呼ぶのは

柿の花　噂はわれに毒杯を盛りぬ音楽湧き果つる卓

絶筆はハ音かげろうの一日を渡り果つるに処女作のハ音

懐胎の刹那天地を反《かえ》されしわれも一機の砂時計なり

爪の根に白い弧がある夭逝は全身が死に弧が残ること

終着がすなわち始発冬銀河まだ白紙なる音楽ノート

失語の鸚鵡

アルカディア恋えば地上の蹠《あなうら》に踏み絵踏みたる熱さ湧くなり

海遠く暮らす日々落陽はだれの帆柱照らしいるらん

船出には間に合わざりき鍵をもていかなるドアを開けても平和

飛ぶために翼削るは暗黒へ旅立つまでの少年アリス

ランボーのその後の生に価する清い失語をしからずば火を

チルチルとミチル帰らぬ食卓にひまわりの種噛む青い鳥

生活のため革命をあきらめし中年と同じ遊覧船に

息吸えば胸青くなる湖にくじら住むことだれも知らない

共同幻想論とハ短のシンフォニー愛せし友も二児の父なり

最終章裂きたる小説の落し主は誰か平和を笑うごとくに

安住の枇杷の梢に星の実は光れりわれにかくまで遠く

漂白の親しき顔と朝な朝な遇う詰め襟のワグネリアンと

人容れる形と見れば古びつつさながら共犯者のごとき椅子

出勤も今日にて最後かもしれぬ朝目覚ましに鳴るシュトラウス

罌粟駅を出て来て傘をさす誰もたれも雨月の使者たらんとし

降りるならめまい新たに人生が開き初めるや桔梗駅より

六月の沙羅尋めゆきて私がわたくしとなる緯度はあらずや

いまだ見ぬ芍薬駅の階段をのぼるカムパネルラはどこへ

失語症少年に侵せぬ国匂う花の真下を領土となして

家出する船に遅れた少年が犬を母音で呼ぶ声細し

蜃気楼の街よりやがて来るはずのおのれ待つとき鏡疑う

鎮静剤　忘れられたる女よりもっと哀れなのは忘れられた歌

革命という死語妬みつつ罪のなき老婆に荒く道順を説く

倒れ死ぬ天使の顔は人間の世界に住みし徒労残せり

たそがれの不思議な鸚鵡手にのせて子は母を呼ぶ母死にしのち

月の砂漠から

影青く君の右頬照らすのはあれは地球という名の異邦

ふるえつつなに探さんと階くだる二人おなじき遺失物庫へ

大粒のダイヤモンドがころがるに拾う者なし月の砂漠に

君がたどる緯度線海へかかるとき虔しくして人さし指は
それはよく転校生の頬などをかすめて過ぎる青い光の
愛語ふくむ対話交せりうら若き腹話術師とその人形と
それぞれに異星の炎燃やしつつ奈落へ昇るふたりならずや

かなしみの枝をふたたび振るためにほたる探すはこの世のだれか

なにか字を書けばたちまち歌となる君もカナリアわれもカナリア

貨物車の通過は長しときどきは軽蔑すべき父も持ちたし

想像の陸から想像の空へ離陸する本物の飛行機

つつんでるその手をひらくなら母よかならずほたる死ぬる真冬に

無重力公園に酔い母星の君を恋うれば乱るるジルバ

顔のない駅員切符を切るたびに桜散りぬる切れば散りぬる

吾に虚偽の言葉あるのみ花葛の紫を言うそのむらさきも

渡るならいずこへつづく歩道橋月の匂いす月の砂漠の

君がかじりしゆえに欠けたる三日月を見ており月はおいしかったか

遺失物は地球という名色は青しばしば笑いときどきに泣く

洪水の予感ふくらむ暁に非常口とう迷路のはじめ

放たれし男ありしか鍵束とピエロの着衣のみ残されて

街角をノアの方舟通過するごとし日蝕の午の翳りは

一日の終り夕日がろんろんと別の地球へ沈む山の端

合歓眠る　どこの国にも属さない言葉でだれかグッドバイしてる

カインの収穫

視野に陽を失いミロのヴィーナスに両腕ありしことを疑う

地図になき市の東に生かされて身を一枚の日輪が焼く

わが子かもしれぬ私がだましつつ売りたる星を買いもどすのは

子に残るわれを怖るる「白鳥」のチェロの運指を教えんとして

一日に二度正確な時をさす止まった時計を飾って母似

菜の花咲く　指でつくりし輪の中に見たれば母という異邦人

鳥の影波間に折れている母よ受話器は深い海の底なり

桔梗野にわれを待つ母石蹴りす　帰らぬことを許したまえ

岸のない河が流れる岸あると告げし理由を母に問わざり

しあわせの鳥逃したる枝よりも淋しからずや母の鎖骨は

なお天を指す桐の花質問をすればするほどカインとなりて

犯したる些細な善に責められてわれも夕陽に染められにけり

捕えうる天体のごとき朴の花開きぬ　ついに父似の無口

斧二本ふるえて抱きあうごとき父という字も淋しからずや

夜の森われも啞者なり少年が冤罪叫ぶ声こだまして

気づいてはいけないない遠い山彦に答えられないあの質問に

椎の葉のしずくに寄ればわが影に翳りぬ星の蝕のごとくに

葬儀費も墓地も備えてことごとく地上の科を逃れるや父母

荆棘の縄まつわりく禁断の虹とらえんと伸ばす腕に

忌まわしき希望の声がもれている夕焼け空の北のかたすみ

秋、子らは捜し物すと家出せりもみじも見ずに地図を頼りに

裁きがたき虚構のひとつテーブルに日ごと夜餐の器整う

人知れず無花果割れる淋しさにぼくと言うとき主語とはなにか

天上の楽器ふれ合うポプラ道　歌えど歌は遠ざかるのみ

平成五年十月二十八日発行　株式会社沖積舎

果実

吉岡実さんが短歌を書いておられて、しかも詩の新しい世代にもっと俳句と短歌への関心を持ってほしいと言っておられた。自分が短歌を作るようになった原因がその一言だけだったとは思わないけれども、なぜ吉岡さんはあんなことを言われたのだろうかと今でも不思議でなりません。短歌に手を染めるようになってからというもの、私は始めから失語していた鸚鵡のように黙りまたは叫んだような気がします。しかし、なにもなくても、私は黙りかつ叫んだと思うのです。世界は私に用がない。私も世界に用がない。ところが短歌は、あらゆる果実と同じようになってしまった。

人間が作る短歌はだれのものなのだろうか。たぶん作者のものではない。おそらく読者のものでもない。短歌は、短歌のものだと思って書いてきました。短歌が短歌の国へ帰りたいとき、人間の体が必要なのだと思って書いてきました。短歌が短歌の国へ帰れるように作品を作っていく、それが私の方法でした。定型という器は短歌のことではなく、歌人のことだと思っています。

うれしくなければ歌は作れず、かなしくなければ歌は生まれない。これらのことがなぜ両立するのだろうかという問いに熱さが残っているうちは、短歌は私の体を必要とするだろうと思います。そのあいだ、私は歌人です。

歌集のタイトルは梅原猛さんの「イーハトーブで起こりうるできごとは、世界のどこの町でも起こりうるできごとだ」という言葉から発想しました。青森も東京もモスクワもイーハトーブたりえるのなら、イーハトーブという地名はなくなるでしょう。あるいは青森、東京、モスクワという地名もいらないかもしれないのですが、それは歌集の内容とはあまり関係ないかもしれません。私の歌が、どこの町にもせつなさはあるということを表現できているとすれば、この歌集にもいくらかの意味があると思っています。

1993年11月　蝦名泰洋

(『イーハトーブ喪失』にはさまれていた文章)

書簡　蝦名泰洋から野樹かずみへ　１９９０－１９９２

「音楽は言葉で説明できない」とジョン・レノンは言いました。「絵は言葉ではない」とルノワールは言いました。映画も写真もブロンズ像も、同じなのでしょう。けれどそれは、もともとが言葉による創作ではないから、というのはまちがいです。言葉もまた言葉で説明することはできないのです。

戦争であまた死にたる人に似ていつかは遠く忘れられたい

初めは反戦歌のつもりで書いた歌なのですが、今では何を歌いたかったのかわからなくなってしまいました。しかし、この歌を捨てることは、できません。わたくしの中の深いところで、できません。

1990.12.10　蝦名泰洋

そうです。あなたは言葉を言いたかったのです。「そこには誰もいないのにそこにも白い花が咲く」といったような花のごとき言葉、気づかずに湧いている雲のような言葉、たった今アルゼンチンでトマトを買っている少女のような言葉、野に死ぬ名もない戦士、誰にも詩を読んでもらえない詩人、毎朝バスで通勤するマンモス像、海底の見つけてもらえない金貨、生まれては死んで、また生まれくる魚たち、ああ比喩でなく、言葉そのものをあなたは言いたかったのです。そして実は言葉はあなたなのです。言葉はあなたなのです。そして僕でもあります。彼でもあり誰れもかれもが含まれましょう。そのあとで、ようやく言葉はこの世のなにものでもありません。言葉でさえも、ありません。

チルチルとミチルが迷う永遠の果てのあたりで、おそらくは火星の砂漠のようなところで、言葉が言葉であることを知るのは、言葉自身でしかありえないでしょう。もはや行くべきところを失ったあかつきに、私もまた私であることを知り、あなたはあなたであることを知るのです。

「そこにはだれもいないのに、そこにも白い花が咲く」というような世界で。(…)

僕の情熱のありかは、あなたが信じるに値するものです。安心してください。(…)

この世にはすぐれた短歌がもっともっとあります。「ああ、すごい。すごいなあ」と驚くような歌がこれからも生まれてくるでしょう。それを知らないのは損得から言っても、損なのです。(…)

何かの方法があって美しい短歌が作られるということはありえません。あなたの歌は、あなたの二十数年の時間がどうしても必要だったということを忘れないでください。無理に結晶させてはなりません。雪はいやでも降って来ます。(なまけてもいけないよ)、祈健闘。

1991.1.14　蝦名泰洋

僕は歌会に出るとよく言うのですが、「文法がまちがっていてもかまわない。漢字や送り仮名がまちがっていても、そんなことはいい。けれど詩でないものは短歌ではないのであり、詩への憧れを持っていない短歌は、まちがっている短歌より罪は重い」というのが基本姿勢です。(…)

言葉が多すぎるのは、あまり心が悩まなかった証拠です。(…)

定型を使う人のことを歌人とは呼びません。定型を探す人のことを歌人と呼ぶのです。ですから昨日の定型は今日の定型ではありえず、今日の定型は明日の定型足りえません。あなたの二十数年間の歴史も短歌の千三百年の歴史も、定型を探すときには無力なのです。つねに、つねに途方に暮れなければならないかなしみが、この三首（注・野樹の歌稿）からは伝わってこない。とある光景をなんとかして詩にできないだろうかと思うことは詩人の仕事であり、その情熱を失ったら詩人は終わりなのですが、「とある光景」はいつでも詩のためのものであり、詩が光景に従属してはなりません。（…）

短歌という形式はすばらしいんだ。できれば私たちはそのことを証明していきたいですね。（…）けれど、作者の気持ちがよくわかるからいい歌だというのはまちがいなんだ。詩として成立しているからいい歌なんだけど、そんな言い方しても通用しないよね。（…）

1991.2.5　蝦名泰洋

あなたの歌にはチャップリンのような厳しさが足りないと思う、と書きましょう。

ロダンの彫刻に表現されているユーモアが足りないと。もっと自由に作るべきだと。

（…）

あくまで象徴を追うべきです。わかりやすくてもわかりにくくてもいいのですが、象徴を追うためにエネルギーを使うと、どういうわけか偶然に、作品はわかりやすくなることが多い。

抜き出した歌群にはたがいに打ち消し合ってしまう言葉が一首のなかに数個あり、イメージが集散しがちで、混乱し煩雑で、あなたがあなたの体のなかでもっともやわらかい部分を用いて与えるべき秩序が見あたりません。

1991.2.11　蝦名泰洋

わかりやすくてつまらない歌よりも、わかりにくくてもいいから心の叫びを歌にしましょう。しかしながら、あなたの作品でいいものを選ぶとなぜかわかりやすいものが並びます。これは僕の確信です。

1991.3.29　蝦名泰洋

僕はあなたの都合を考えもせずに、あなたの作品を読みたがりました。まるでこのときを逃せばこの人の短歌はなくなってしまうのではないかと疑うように。（…）僕は僕自身にいい聞かせるようにあなたに感想を送りました。実はあれでも言葉は足りなかったのです。もっともっと的確な言葉を探すべきだったのです。そのことが悔やまれてなりません。言い訳がましいですが、僕の生活は自分に食われてしまって正しく憧れに奉仕する事ができなかった、またできないのです。

それでも野樹さんは僕の言葉をよく嚙んでくれて、予想以上に豊かな飢えを発見したとおもいます。「路程記」は僕の力が全く及んでいない新しい領土であり、野樹さんのヴァージニアです。ここから始めないでどこから始めるのでしょうか。旅を。ここにはとても素直なあなたがいて、世界を見つめようとしています。誰よりも素直に。

あなたの目の前の、あなたが作ったつまらない短歌作品は、すべてあなたのものです。こわされた虹のかけらです。血の色をした花束であり、悪魔の好意、天使の災いです。もう怖がることはないのです。そしてあなたが書いたすばらしい作品は、それは誰のものでもありません。野樹さんのものでもないし、ぼくのものでもありません。そのことが私たちを安心させてくれます。いつかちょうどよい時間になって、そのあやまたず三十一文字くらいの長さにおさめられた自画像たちをながめると、人はそこにいろいろな人間の顔を思い返すでしょう。悲しくなければ歌は生まれず、うれしくなければ歌をつくることができないという矛盾を永遠の単位で理解するのではないでしょうか。

私たちは、どちらかが先に死ななければなりません。そのことをかなしまないでください。そしてとり残されるはずのうたたちのことを、まるで朝起きてどうしても思い出せない夢のように、ときどき気にかけることにしましょう。生まれたものは、淋しがる性質を持っているからです。私たちがふるさとやサーカスや海について考えるのは、ある種の勤労に属することだと思えます。

1991.6.11　蝦名泰洋

何を書いてもいいんだけど、作品を僕に見せるのは無意味なことではないと思うんだ。なぜって野樹さんが、これが自分で一番表現したいことだ、って思っていることが実は別に表現したいってわけでもないということがまだあるような気がするからです。でも気軽に、かたぐるしく考えること全然ない。（…）どこに投げてもキャッチャーミットにおさまります。キャッチャーミットはひとつだけなのに、どこに投げてもストライクになるというのは不思議だけど、たぶんこれが詩の世界なのだと思う。

1991.7.12　蝦名泰洋

短歌を書くってことはね（…）鏡をみがくってことだと思うのね。短歌作品で、これは別にだれでも書けるんじゃないかなって思うようなものは、つまり、鏡のみがき方がたりないので、鏡がくもっていて、映してみたら鏡の前に立っているのがだれだかわからないほどの作品ってことだと思うの。額に汗を流して鏡をみがくっていうことは割といい感じかななんて思うわけなんだけど、ああこれは自分を表現できたんじゃないだろうかって思うような歌ができたときは、鏡にもそれとはっきりわかるような人が映っているらしい。はっきり映すためにみがいてきたわけだからね。でもね（ここからちょっと怖いよ）はっきり映してみても、やっぱり映っているのがだれかわからないのだと思う。はっきり顔が映っているのに、それでまわりには、自分以外の人間はだれもいないのに、鏡の中の人がだれだかわからない。くもっていてもわからないし、みがいたあともわからない。このわからないにはやはり差があるのではないかと思うわけ。われわれは自分の顔を知らないんだよね。知っていれば短歌を書かないんじゃないかなって最近考えるんだけど、理屈っぽいな、やっぱり。

1992.5.12　蝦名泰洋

そこにはだれもいないのに

野樹かずみ

いつからか私は、蝦名泰洋さんからメールで送られてくる歌たちを、預かる係になっていました。どうしてそうなったんでしょう。不思議で、そして身に余る幸せでした。

そこにはだれもいないのにそこには詩人もいないのにそこにも

白い花が咲きそこには読者もいないのにそこにも探した跡がある

連続したこの二首を最初に見たのは、私たちがやりとりしていた短歌両吟（ふたりでの連歌）のなかでした。生涯の最後に歌稿を纏めるにあたって、蝦名さんがこの二首を拾い上げたとき、ああ、この歌たちはずっと、蝦名さんのなかを流れていたんだなと思いました。昔もらった手紙にも書いてあったことを思い出し、手紙を探しました。

（「そこにはだれもいないのに／そこにもしろいはながさく」は、谷川俊太郎さんの「にわ」という詩のフレーズ）。

一九九一年六月十一日の手紙を、ちょうど三十年後の六月に見つけたときには戦慄しました。「どちらかが先に死ななければなりません」って、出会いの最初に、私は遺書を受け取っていたのかしら、と。

三十年ぶりに当時の手紙を読み返して、これは私が独り占めするには宝物すぎる、と思いました。

短歌について心を尽くして語ってくれている、情熱も、純粋も、はにかみも愛情も、なんにもかかわってないと思いました。歌集のあとがきにこれらの手紙を載せたいと提案して、内容をメールで読んでもらって「いいよ」と言ってもらいました。癌で闘病中だった蝦名さんが亡くなる直前、二〇二一年七月半ばのことです。

本書に収めたのは、蝦名さんの第一歌集『イーハトーブ喪失』（一九九三年）と、それ以降の歌たちです。「ちょうどよい時間」になったでしょうか。

とりのこされるうたたちのことを、ときどき気にかけてもらえますように。

（推敲の途中でさくさくと消されたたくさんの歌たち、さようなら。）

＊

第一部の『ニューヨークの唇』一八〇首は、蝦名さん自身が纏めてくれました。歌はたくさんあったはずなのに、蝦名さんが纏めたのはこの一八〇首でした。推敲の度に歌を捨ててゆくという潔癖のせい、それから、もう命の時間がありませんでした。

「マテウスの始発駅」は一九九四年に青森の同人誌（「ベルヴァーグ」2号）に掲載されたものに、数首足されています。「ニューヨークの唇」「クライ　マイ　ガール1990」「中国の不思議な役人」は、野樹は二〇一一年頃に、このかたちに近いものを見せてもらいました。

「遺失物庫の鍵」「常寂光寺」が最晩年の作品群。生涯の最後に、末期癌の痛みと闘いながら、詠まれたり纏められた歌たちです。

第二部の『カムパネルラ』は、蝦名泰洋と野樹かずみの短歌両吟のなかから、失いたくない蝦名さんの歌を、野樹が選歌、構成しました。「イーハトーブ喪失」にジョバンニの長靴の歌を書いた歌人は、生涯の終わりに近くカムパネルラの歌を書きました。二首、並べておきます。

はじめからジョバンニなどはいないのに樹下ジョバンニの長靴冷える

君がもしカムパネルラじゃなくってもカムパネルラと呼ぶほかはない

第三部には、すでに入手困難になっている歌集『イーハトーブ喪失』を再録しました。

＊

蝦名さんは、人生や生活のことをあまり語りませんでした。私も聞きませんでした。そんなことはいいよ、と蝦名さんは言うと思うのですが、遺稿を預かった者としては、語っておくべきことも少しはあるかもしれません。

一九九〇年秋、野樹は蝦名さんから最初の手紙をもらいました。青森の十和田湖畔から。蝦名さんの手紙に導かれるようにして、短歌を憧れました。でも人生はそれなりに慌しく、いつしか互いに行方がわからなくなりました。蝦名さんの消息が分かったのは二〇〇九年。翌年、東京で再会しました。

東京の蝦名さんと広島在住の私と、昔やっていた短歌両吟をメールで再開したのが二〇一三年。楽しかったです。おじいさんおばあさんになるまで、ずっと遊んでいられるかと思っていたのですが。

二〇二〇年の春頃、蝦名さんは腰の痛みを言っていました。坐骨神経痛と思っていたようですが、秋になり、尿管癌と診断されました。入院と治療。自宅療養と訪問看護。コロナ禍で、会いに行くこともお見舞いもかなわなくて、短いメールのやりとりだけができました。病状について蝦名さんははっきり言わなかったけれど、あまり時間がないような気がしました。

蝦名さんはパソコンもスマホも持っていませんでした。青森時代に使っていたワープロが壊れた話は聞きました。東京にいたころの歌稿は、ガラケーのメモか、薄いノートのなかだったと思います。野樹は、蝦名さんが送ってくれる短歌を、その都度、自分のパソコンに入力して保存していました。いつか蝦名さんが歌集をつくるときに、渡せるように。

二死二塁九回裏の土壇場も行けるぞっティアーズドロッパーズ！

二〇二一年三月はじめ、この歌が送られてきました。それから蝦名さんは古い歌を並べ替えたり、新しい歌を作ったり、歌稿をまとめてゆきました。小さなガラケーの画面での編集は難しかったろうなと思います。

この頃、私たちの間で小さな意見の衝突がありました。蝦名さんの歌集を出したいという私に対して、蝦名さんは、私たちの両吟歌集を出すのが先だと言いました。

「ぼくの中では、両吟が優先なのです。両吟ファースト」（三月十日メール）

両吟は、たよりなくてもたよりない姿で完成している、自分の歌集はまだ完成していない、中途半端なままで出したくないと蝦名さんは言いたいようでした。

「ああ、あのとき実行していれば間に合ったかもしれないのになあと後悔する季節がやがてやってくるかもしれません。その季節を受け入れたい。涙の海に溺れていても、いのちが笑顔ならばぼくはうれしいのです。かけがえのない喜びなのです。いのちを大切にして生きたいのです」（三月十四日）

「歌集の各章の熟成を待ちたいのがぼくの本音……。その時間がないという現実、身動きのとれなさ。いいのさ身動きできなくても」(三月十九日)

四月のある日、「運動会のダンスの曲を言ってみて」というメールが来ました。「フォークダンスの? オクラホマミキサーとか?」「それ」そんなやりとりのあと、送られてきた歌です。

全校の運動会に人が消えひとりで踊るオクラホマミキサー

さびしすぎてたまらない、と思いました。よりによってオクラホマミキサーを。ひとりで踊るなんて。でも、死んでゆくとはそういうことかしら。

やがて、「ひとりで踊る」とは、悲しみであるよりも、さびしさであるよりも、歌人の矜持であると思えてきました。短歌さんはそうなんだよ、と蝦名さんは言うだろうと思いました。

「短歌さん」と蝦名さんはときどき言うのでした。「野樹さんはそれでよくても、短歌さんはどうかな」とか、「歌人なんだから、短歌さんのじゃまをしてはいけない」というふうに。

ありがとう死は整わず這ってくるコートなければ寒かろうにな

「かくのごとく短歌は生々しく営まれており、自発光合成が継続しています。それを詩人や歌人に、理解せよ、と言っても理解するのは無理でしょう。そこに世の不明があり私の無明がある。不明と無明の間に私たちの歌集はあるのでしょうか。確実に存在し確実に不在しています。不満なんて不満なんてあろう訳がない。さりながら、光合成には冷酷がつきまとう。急勾配の懸崖があり誰が相手でも孤独が待っています。さあて、みんなで一緒にがんばりましょう、なんてことを言うまいとしてせっかくここまで努力してきたわけだしさ」（四月二十一日）

「ああ段々形が見えて来ました。歌集の基本形が整いつつあります」（五月十五日）

「野樹さんに預かってもらうから安心してる。しあわせの近くにいる。こういうのもいいね。ま、無責任な感想を言えばよ。だいたい骨格は見えた」（五月二十八日）

一首ずつ、または数首まとめて、病床の蝦名さんからメールで歌が届きました。スマホがふるえて、それを開いて歌をみるのが、一体ずつ、落ちてくる妖精の体を受けとめるような感じがしました。その重たさ、悲しさ、清らかさ、温かさ。作品が出来ていく楽しみと、いのちの時間がなくなっていく悲しみが、同時に胸に迫ってくる、何か言いようのない日々でした。

蝦名さんは六月の終わりまで推敲を重ねていました。表記の変更や、歌の順番を変えるという短いメールが、頻繁にありました。メールが数日途絶えると、いつ途絶えても不思議ではなかったので、まだ生きてくれているのだろうかと不安でした。あまり言わなかったけれど、癌の痛みとの闘いは壮絶だったと思います。

六月の終わり、『ニューヨークの唇』の歌稿がまとまり、同じ頃、両吟歌集『クアドラプル　プレイ』の出版の話が決まりました（二〇二一年九月に書肆侃侃房から出版）。

六月最後の日に杏雲堂病院に入院。緩和ケアのある病院です。もう帰ってこないとわかりました。

＊

不思議に思います。三十年前に、野樹の短歌を見つけてくれて、「ぼくの住所をゴミ箱だと思って」歌を送れ、などと言って、作歌を励ましてくれたのは蝦名さんでしたが、最後に、もうすぐ死んでゆく蝦名さんから、歌をほしがったのは野樹でした。「私はきっと、蝦名さんの歌集を出すけれど、野樹に頭の悪いまとめかたをされたくなかったら、ご自分で整理してくださいね」って言ったら、ほんとうにそうしてくれました。

蝦名さんの「短歌さん」は、蝦名さんによく似ていて、出会いと別れがいつも同時に佇んでいることを思い出させます。永遠と、はかなさと。そして蝦名さんの「短歌さん」は私に、詩歌というものの底知れないやさしさを、信じさせてくれたのでした。

「短歌さん」を私たちに残して、蝦名泰洋さんはいなくなりました。二〇二一年七月二十六日永眠。

蝦名さんが推敲の途中で消した歌ですが、追悼にかえて二首ここに置いておきます。

指先から弟を埋める砂粒が足りない果てしない砂漠でも

馬車は運ぶ死者と死の使者御者も死者獅子の模様の使者の死の私書

＊

蝦名泰洋さんは詩も残しています。「カムパネルラ忌」を載せておきます。最初に見せてもらったのは一九九二年頃。不思議な詩と思いました。いま読むと、蝦名さんが詩のなかに吸い込まれていったような感じがします。はじまりと終わりに吹く風がそっくりだと、そんなことも言っていました。

カムパネルラ忌

王国を見にいくと言い残して
もどらない彼のことを
パンを食べているとき忘れていた
食べるときは忘れているのだ
たえまなく浸食される時間の痛みの中で
わたしも一筋の傷口である
黒パンには塩分が含まれており
沁みる
王国はどうだったの？
と、もどって来たら訊いてみよう

だれもいなかったよ

王もいない
どの部屋も空っぽ
ただ玉座に
四季の収穫だけが飾られていた

黒パンには
両眼から落下する石と同じ成分が含まれており
噛むと顎がふるえるのをとめられない
海の方角にあるはずの
だれもいない国を想い描いた

旅路で
もし死んでいなければ
彼は
カムパネルラと同じ年だ

いいえ
もし生まれていたらの話だ
そうしたことも
食べるときは忘れている

もう一度
始発からかぞえてみよう
わたしがいることと
彼がいないことの闇をつないでいる
駅の数を

詩集『カール　ハインツ　ベルナルト』（筆名　伊丹イタリア　１９９４年私家版）より

出版費用はクラウドファンディングで集めました。推薦文を寄せてくれた加藤治郎さん、佐々木英明さん、河津聖恵さん、木馬の絵をこころよく使わせてくれた田代勉さん、そしてあたたかい応援をくださったみなさまに、この場を借りて心からの感謝を申し上げます。

書肆侃侃房の田島安江さん、藤田瞳さんには、「クアドラプル　プレイ」に続いて、大変お世話になりました。蝦名泰洋さんの歌集が出せること、救われる思いです。ありがとうございます。

二〇二三年三月

■著者略歴

蝦名泰洋（えびな・やすひろ）

1956年5月20日　青森市に生まれる。
青森高校卒業。明治大学卒業。数年間東京で働いたのち青森に帰郷。
1985年頃から短歌をつくりはじめる。90年代、短歌や詩や短編小説を投稿、発表し、注目される。

「短歌研究」新人賞候補（1991年）
青森県文芸協会新人賞（1992年）
東北デーリー　デーリー歌壇年間賞（1993年）
青森県芸術文化奨励賞（1994年）　など。

1993年　歌集『イーハトーブ喪失』（沖積舎）刊行。
1994年　詩集『カール　ハインツ　ベルナルト』（筆名・伊丹イタリア私家版）
1995年『現代短歌の新しい風』（ながらみ書房）に「イーハトーブ喪失」から50首掲載。
1999年　青森を離れる。茨城県内に職を得て2009年まで働く。
2010年　東京に移る。台東区に住み職を得る。
2020年　春頃から腰痛。10月駒込病院で尿管癌と診断される。治療後、12月に退院。
2021年　3月　両吟歌集『クアドラプル　プレイ』の構想を野樹に伝える。3月から6月にかけて、『ニューヨークの唇』180首をまとめる。6月末、杏雲堂病院に入院。
2021年　7月26日永眠。
2021年　9月　両吟歌集『クアドラプル　プレイ』（野樹かずみとの共著書肆侃侃房）刊行

『クアドラプル　プレイ』の著者略歴から

子供時代、詩を書きたいと願う。書けない。高校生のときに別役実の童話「淋しいおさかな」を知る。影響あり。詩は書けず。安西水丸の漫画「青の時代」、鈴木翁二の影響を受ける。荒地派、櫂派、辻征夫、多田智満子を読む。詩は書けない。あるとき吉岡実の『詩を書きたい人は短歌を勉強してみるといい』という言葉に触れ、短歌を書くようになる。紀野恵、中城ふみ子、相良宏などの作品を好きになり歌を書き重ねる。詩を書けない日々がつづいたがのちに唐突に「カムパネルラ忌」「七夕」を書く。初めて「私」を失くす。もう森へは行かない。笹井宏之、杉﨑恒夫、小原奈実の短歌作品に興味を持ち、作歌をつづけた。

（著者の生前最後の文章　2021年6月24日）

■編者略歴

野樹かずみ（のぎ・かずみ）

1963年愛媛県生まれ。1991年短歌研究新人賞受賞。歌集に『路程記』（2006）『もうひとりのわたしがどこかとおくにいていまこの月をみているとおもう』（2011）詩人の河津聖恵との共著に『christmas mountain わたしたちの路地』『天秤　わたしたちの空』（ともに2009）、蝦名泰洋との共著に『クアドラプル　プレイ』（2021）。未来短歌会所属。広島在住。

歌集　ニューヨークの唇

二〇二三年六月十一日　第一刷発行

著　者　蝦名泰洋
発行者　池田雪
発行所　株式会社 書肆侃侃房（しょしかんかんぼう）
〒八一〇・〇〇四一
福岡市中央区大名二・八・十八・五〇一
TEL：〇九二・七三五・二八〇二
FAX：〇九二・七三五・二七九二
http://www.kankanbou.com　info@kankanbou.com

編　者　野樹かずみ
編　集　田島安江
DTP　藤田瞳
印刷・製本　シナノ書籍印刷株式会社

ISBN978-4-86385-579-3　C0092